U0963734

DEERBOOK

鹿　书

小安诗集

我太想吃一碗牛肉面了

小安 著

WUHAN UNIVERSITY PRESS
武汉大学出版社

图书在版编目（CIP）数据

我太想吃一碗牛肉面了：小安诗集 / 小安著. —武汉：武汉大学出版社，2021.8
ISBN 978-7-307-22397-4

I. 我… II. 小… III. 诗集—中国—当代 IV. I227

中国版本图书馆 CIP 数据核字 (2021) 第 111044 号

责任编辑：赵金
封面设计：郑元柏

出版发行：武汉大学出版社（430072 武昌 珞珈山）
（电子邮箱：cbs22@whu.edu.cn 网址：www.wdp.com.cn）
印刷：湖北金海印务有限公司
开本：889 × 1194 1/32 印张：8 字数：102 千字
版次：2021 年 8 月第 1 版 2021 年 8 月第 1 次印刷
ISBN 978-7-307-22397-4 定价：58.00 元

自序·写诗的秘密

有一回，只有那一回，没有第二回了，我去参加一个活动，要发言，并提前报上题目。我报了两个。当时去的人不少，有些还对我充满期待，听我会怎么说。我上台后（四川川剧院，我是第一次进去，走上那个舞台。舞台一般总是红地毯，幕帘是深红色金丝绒），拿着话筒几句话把第一个说了，也不记得第一个说的什么（声音发抖），我想和狗屁差不多。第二个因为极度紧张，声音极度发抖，以至于一个字也说不出来，卡在喉咙那里，声音真是出不来，必须主持人上台来救急。

第二个的题目我永远记得清楚，当时没有说出来嘛，大窘。题目就是“写诗的秘密”，没有说出来，真的成秘密了。话说，这问题太广大，即使我不紧张，能够自在胡扯，凭我的见识，哪里说得明白？

我以前相信诗歌是有秘密的，诗人也有，诗人的生活状态里也有，和不写诗的人比较，从头到脚，绝对太不一样了。我经常关注那些我认为比我写得好的诗人（我还不受控制地嫉妒羡慕她/

他），我每天花很多时间寻找，像个密探那样不放过任何可疑的文字、符号、一条条缝隙，他/她写诗的秘密在哪里？终极秘密。如此意外突然平常的词句构造都想得出来，我为何不能？我的脑袋太笨了？好想再加一个脑袋，如果我有了两个脑袋，诗人都来找我玩吧，我们进行写诗比赛，喝酒比赛，我几乎全部思维在诗里面。

当然，我现在也活在诗里面，我依赖诗歌文字。其他我不会做，或根本不愿意去做。写诗是一种最方便最舒服的事情，不需要付出本金，也不辛苦，懒人怪人尤其适合，经常可以骗过自己与他人。

好比，啊，别强迫我干别的，我不会。我上班就是要迟到，我把铁锅烧燃起来了，火焰冲起几丈高。强盗进屋里来了，他要抢劫你呀，不管他，随意吧，我在写诗。

所以，写诗没有秘密，只要你敢痴迷，脑袋里没有框框架架，没有古体诗、平平仄仄之类，没有外国来的翻译体诗，不要打油诗，一切是你自己身体里流动的。如果很想写，说写就写，写到灵魂出窍。写完后，稍微分下行，为了区别于小说散文公文等等。但是，以上都是胡说，就像讲个笑话而已，不要相信我。

这是六月份，天气炎热，我写长的文字非常困难，满身大汗，东拼西凑编这么多的废话。应该把序取消，跋也取消，一本书前后左右就轻松多了。

目 录

看水流

水花　山洪　雨
冰块如果化了
它们是一样的水
我喜欢流动　不生锈
没有时间和死
水的比重是 1
我刚好站在上面
我是一条大帆船
我热爱它　我也是流动的
我命令　我是水

在深夜

我坐在一把椅子上
脸朝西北方位
有棵大槐树
树上的麻雀
眼睛透亮
一动不动的天空
发生那些连环故事

有些光圈

我走到电线上
我是晃荡的
超过光线
我是明亮的
退回去
回到光的出生地
一切开始暗淡

我认识一个人

他自己是吸血鬼
又是蝙蝠乌鸦
白脚虫
晚上是各种各样的爱人
他吃三样东西
冰块 浓雾 和舒乐安定

她

她本来是倒着行走
离开野蛮的山
轻轻秀秀
她也回来了
不能搞清楚
她心里的意思
是野蛮么还是温柔

这些是我的

这些是我的
每天每天重复
围墙 树 晴天和阴天
下雨后
积满水的路
一个电话
是我儿子的号码
他在下午四点醒来
问我米和油的事情
我有大量的米和油
你们可以拿去
另一些电话
是精神病人的抱怨
关于药物 肥胖和人的歧视
是不是变态反应昏睡反应
我说没有都不是
我是无情的

不得不回家

我在积满水的路中间

弯下腰

仔细看水下面的房子灯光电线

我翻动那些水

让这些水和那些水混在一起

我在干什么

亲热的过路人

我有点头晕

用眼睛送他们消失

前面那里

三个空心的怪圈

我走去里面

我自己走进去

风吹过读诗的人

风吹过读诗的人
风从每个方向穿透他的身体
把心吹成碎片
读诗的人想倒未倒
他唱出来了
真正的好诗

太 阳

完全的太阳
出来一次之后
照在我们的地上
它照在我们身体上的时候
我们就不觉得冷了

思 念

在上午思念一个人
在下午思念另一个人
两个人同时进入春天
又进入秋天

也不要看见他们的样子
只是简单的思念和想象

彻底的绿

下雨之后
一切东西都变得
丰满起来
你必须是绿的
绿的身体

热天中午

空气固定不动
妈妈在洗衣服 吃东西 走路
抱怨这里远处海边
小孩拍皮球
皮球飞进围墙里去
已经是第四只绿皮球
他们决定去读书
于是有了读书的声音
妈妈也在闹
虫子也在跑
一个人的思想
没有地方去
藏在寂静后面

有一个凶恶的人

一个凶人
走到孤独的地方
教导人们说
很悲惨啊
太阳也悲惨啊
照到眼里都是忧伤
他单脚站立
心里狂跳
五个耍杂技的人
每人有一块
魔术球
这是孤独的时间
下午三点钟以后
感觉会那么悲剧

我平躺着

我平躺着
微微笑着
晚上和清晨
我和空气说话
我和闪电说话
我也不知道我在笑
因为其他人
也在笑起来么

今 天

我到处去逛逛，心里有时愉快，有时又悲哀。

悲哀要多一些。你经常悲哀什么呢。

天在上面下雨。今年特别爱下雨，秋分以后，光着头走路，是我一个人。

我斜着眼睛看人，都是双影呢，都是飞虫。

今天要不要请一个人到家里去。比如请一个大得不得了的乐山大佛。

我以前请过父亲母亲，狮子老虎，和一块泥球。

泥球最好玩啦，它一路滚啊滚的，到门口了，被门槛挡住。

聪明害羞，笨，很不好意思。

我走到市场里，买了空气、水、土豆、酒精和感情。

还有卖天空的呢。

水洼国

大水洼里住大人
小水洼里有小水洼
双脚不要踩
太阳不要出现
你和你们的情人来了
就行她这样
跳着走

惊 奇

自闭症 小孩

给我一块彩虹糖

世界上最

惊奇的动作

大爆炸也没法比

有一条河叫月经河

十三岁十四岁
或者九岁
一条每天汩汩汩汩
流淌的小溪
也哗啦啦
在天河上
猛烈晃荡
也是无声的
也痛快
羞怯和低头
脸色红润
伟大的平民女人
尼姑和修女
同意在这条河水里
与圣人交谈
和亿万个精子打过仗
几米　几厘米

突然停止 死亡

我歌颂 我自己歌颂那条河

惠特曼写的

两位女性
并肩而行
年轻的女孩十分漂亮
上了年纪的妇女也非常美丽
那么我
喜欢惠特曼

水 声

从晚上到第二天晚上
非常尖锐的声音
就像这样
长长的水流
没法形容
是
嗯 嗯 嗯 嗯
我一个人离开
回来
我向水声倾诉
我甚至喜欢
许多次想象
声音是也 也 也
高声的也
还是没法形容

11 月 11 日

写一首诗
几个字
今天晚上
下场鹅毛大雪
一万个人的想法
怜悯单身的人

我昨天

我经过一棵树

叫芙蓉树

花开得好看

我想 这是好看的树

我在走路

我经过一个部队

是黄金部队

这个单位很厉害么

那时在下雨

云和雾分不清楚

我经过一个人

我们并肩而行

我又经过一个人

每 天

窗帘吵醒我
风吹窗帘
扫到眼睛上
七点　我醒了
去上班　不想上班

她走得更早
一个秘书
穿上紧身衣服
不自由
既不生又不死的
走到路上　每天同一条路

眼睛昏沉，想闭上，闭上又张开

天大亮，一天开始。
下过雨，出门的人少，
披上雨衣，
朝远的地方看，尽量远。

穿透楼房，闭上眼睛又张开。
看绿色，绿草坪和绿树叶，
有新鲜空气，
能够兴奋，提神。快点愉快起来。
你还想要怎么样，长出一对黑翅膀。

三个想逃跑的人

1

这个人
心不安分
她想逃跑
跑得不见踪影

她是成功了的
一瞬间
跑出地球

她和她的影子
没人追得上

2

坐到四点　他觉得悲哀和软弱

不能跳窗不敢逃跑

回家又太早

选择哭泣几次　很大声音

头一天他也哭了几次

我们都不安慰他

不能安慰

我们互相说

哭过就好些　必须好一些

自言自语

一人走路时
大叫一声
啊
以为有两个人
一起散步
互相争论什么

碰到一棵大树
就顺着走上去
走上去以后
又走下来　继续散步
散步万岁

去年之前的一天

大路边上
有个女人
卖蜂糖

蜜蜂飞在她的
头上心里

蜜蜂骑士手拿宝剑
乱砍乱杀　快躲啊
快躲开，大马蜂来了
油菜花落得满天满地

十月三日

一滴眼泪
从右边眼角
滚落
手指去摸一下
是湿的

落到地上又
弹起来
想象中有
清凉的
寂静的声音

买菜去

正说要出门
鞋子穿好
心已经到了街上
天下起冰雹

看看又看看
一切行头放下
冰雹砸得响亮
有多少人被打倒了
有多少植物被打坏了

浓玛的酒

浓玛的酒，
好多，太好了，她自己不喝。
光笑。
蔬菜，也不说话，
刘涛睡觉了，
董小静美女美女。
文迪，叙述很多文迪。

短 诗

1

晴朗的天空
突然下雨
看到书里说 可能是今天
狐狸迎娶新娘
下起雨雾
不想让人看见

2

医院里一棵榕树上
也挂起了灯笼
要过年了
心里有点慌乱

3

对着镜子

微笑几次

是

送给自己一个礼物

下雨之前

1

迎接谁呢
手背在身后
一个人都没
四面空旷无人

我已经做好这种架势
不能退转　天变色
要下雨了
我迎接雨

2

下起雨
我又躺着
不想动

听下雨

雨变成水和洪水
冲不跑我

雷神何时出现
大雨中有声音呼喊
雷神雷神雷神

未 来

我吃过一块糖

红黄蓝绿紫五种巧克力

我挑选的黄色　把纸剥开放到嘴里

开始享受　从这刻时间以后

我说句怪话　说了锤子　太好吃了

朋友　亲人　未来住在一起吧

未来 2

每天奔忙

从这条路奔到那条路上去

一天又酷又爽一天又老又没好事情

走上一座吊桥

身体不平衡　左边滚一下右边一下

走完吊桥再走一座吊桥

走到河上去到海上去

给需要睡午觉的人

每天 12 点以后
那些上班的护士
要睡午觉
睡的高低床

三垛墙壁
迎面一道
左右各一道

一个人发现
（她睡在高低床之
高头）
白色就在墙壁上
白色乳胶漆
这像一句诗
她不说出来

其他人

也不说话

但有人叹气

有人反复计算

从营门口到犀铺镇

有多少里路　坐几趟车

在路上遇到

13 日晚上的月亮
我自己享受
给谁说都来不及
走到我身边
生命就是
刹啦刹啦刹啦
混一节一节一节的

我身在窗户边
提着一瓶人参酒
酒里有一根三年人参
一只手朝上指着月亮

听经书

1

看见这个人吗
嘻嘻哈哈
躺在床上
没有 我不能看见
这个人

2

现在还很忙乱
做这些事情
以后就好了
非常好
东西深深地藏
想法深深藏
究竟是什么事情呢

这么神秘

3

当时

我 阿难 和佛

和我自己

一部手机

在一起

经常也和其他人

为了一顿晚饭

吃肉还是吃蔬菜

闹得不高兴

今天休息

1

一只蚂蚁
在桌子上走路
又来一只蚂蚁
走到桌子边上
很轻
不会掉下摔死

2

我从卧室出来
烧水泡茶
洗脸　看镜子里
深不见底的人

3

猫跳上跳下

一直在说话

才长到两个月

说不明白

我骂它　水打倒了

它还跳　它要跳

4

外面很静的

太阳最安静

又大　宽阔　铺天盖地

打开高音喇叭　还是很静

5

不爱看书　不看书

一直堕落一直堕落

就能堕落到书店里头

6

想想去哪里

看电影和逛商场

选一样 或 选择叹气

想到很多人 一个一个想

一起想 来去自由

走到路上

1

走到路上
看我放声唱歌
三四月份好天气
靠着墙下晒太阳
孤孤单单有兴趣
七枝桃花在那儿

2

喜鹊又来
落到墙头上
我转头去看
喜鹊家有好事情

三四月份

我每天多早出门

多早回家

晃来晃去

也没意义

3

走到路上

听飞机飞的声音

好像中气不足

仔细去找

不见踪影

从东到西画一条天线

请 你

5 月 1 号来参加婚礼
我和他和她和你
和一切
在大海上
在大平原上

有一个乐队演奏
有滑稽表演
马戏团来了　七个马戏团

明亮的小丑
酒水　蛋糕　新人无数
外星人无数
狂欢到死

这是命令

忘了关门
贪图享受
进来的风声
其他物质
送我一个礼物

手绢　笑容可以的
必须要对我
弯腰行礼
我坐在屋子中间
风吹得椅子
吱呀吱呀吱呀

看世界

人在小的时候
个子矮
离地近
眼睛自然朝下
看见地下世界
有水晶宫
有蚂蚁城堡
也有村社山河
日月未来
它们互相变化
人看得忘了时间
地点父母
忘了自己本身
身体离地一米多
笔直而上
人不知道自己在飞
在朝天空奔去

从水缸里舀水喝

从前在家里

你舀冷水喝

个子比水缸高一点

看到你的脸在

水缸里摇晃

一起落进水里的

月亮

和你一样

是活泼的月亮

在什么地方

在什么地方
休息睡觉
你一定要醒来
每天醒来
非常高兴
再一次看见
灯红酒绿的人
如果立刻死了
也非常高兴

站起来，走一走

地上砖块
一格一格
一格连到一格
里面有光亮
影子 有我

我直行 转身
伸展臂膀
如跳平衡木
心在外面
想些无用的人
屈原
轻柔拉一拉
心回到里面

晚 上

晚上 11 点钟
你试一下
只要拨开一层黑暗
和薄雾一样厚的黑暗
用两只手同时左右拉开
一个想象的空间显现出来
就是无限自由

是

小安是
温和光明阔气
个子这么高
有好相貌穿金衣服
喜欢每个人
每一个具体瞬间
从哪里来的不管她
会到未来去

短诗，都没名字

1

我吃一颗药
信吗
我吃两颗信不信
我吃一百颗
我什么也没有做
我只是在想象
宇宙有好远

2

我在冰天雪地里面
我为自己修建了一个天堂
你要来么　这里　非常冷

3

在最深最深的黑夜
我对着镜子
发出尖锐的声音
这不神秘
等到白天 我和你说话之后
声音会跟着呼吸跑掉

4

梧桐树
掉光了叶子
高大威猛
银杏和黄金一样
我看上这两棵树
看一眼再看一眼

好 看

爱这个天气
光线好看
其他的也好
爱人好
在遥远好
野蛮如房子上的
立方体圆柱形
停着一排排鸟雀
写满好看两个字

悲伤的

街上

那么多的人

走啊走啊

年轻人年老的人

无惊喜无希望

两手空空

走进哪个旅馆

或者随地躺下

无缘无故消失

微 风

微风 来吹我
赶我走
闭上眼睛也要吹
我四季如春
身体暖和
我也是莫名其妙啊

柳树精啊柳树精

柳树精啊柳树精
你可以下来了
经过柳树时
我念几遍
柳树精啊柳树精

有一个柳树精
在上面住着三十多年
两米外还有一个银杏精
三米左右是长满胡须的
榕树精

我要下班了
锁上大门
没有一丝声响
柳树精啊柳树精
你是个老婆子

我轻轻吹一口气

让你变形

两只野猫

猫叫春天
被房子里的人大吼一声
跑了
四点钟想起又叫
五点钟又叫
念经的小安（她喜欢念经）
念到无有恐怖
无有恐怖 听见自己的声音

我的朋友

我的朋友
走过崎岖山路
到我住的地方来
看我

我住在悬崖上面
居高临下
看见我的朋友
七十个男女
走在崎岖的山路上

在梦中

1

用拳头擂门
把自己给擂醒了
嘭嘭嘭的声音
敲的木板门
泥草房子
时间　在下午三点

2

一个地方
高山水大
雾气腾腾
我在吊桥上走
感叹　这地方
藏得之深

要做梦才找得到

一列火车
从水上开过

3

过了吊桥
几个诗人坐在路边
一喊就答应
空口喝酒
谈论诗歌

我听了几句
让人看住行李
朝石梯上走

有一件包裹
必须当天爬上山顶的邮局
取回来

想吃太阳

想吃春天的太阳，
想吃太阳的能量。
你好贪婪，脸都吃红了。

金圆圈，银圆圈，
吃了这边太阳再吃那边太阳。
人以后要永生。

春 天

1

我走出家
走到一堆
荒草上
蒲公英铁线草
烂树叶
刨开看
里面发了密密麻麻的新芽

2

我走到河边
看河水里的草
游鱼 唱歌自嗨

怜一下又怨一下

哇哇叫和呜呜呜

打一个石头水漂
飞起三四个
这种心情非常舒服

3

有六个人
走到我身旁
趁我不注意
系鞋带
抬起我就跑
抬到河的下游
欣赏春天

念念不忘

我真的见过乌鸦
白鹤 凤凰 老鹰
甚至野兔地龙
原始森林里相互殴打的
白色黑色精灵
每天用十二个小时想象
念一念咒语
这些人必定会来

大路上

大路上
碰到一个流浪汉
唱各种小曲
站着听了二十分钟
他还不停止
来了一只老虎
也站着听
北风吹完西风又吹
我听得饿了
拿出零食来吃
流浪汉问吃的什么
给他看一眼
红枣 核桃 花岗石
给老虎吃一颗

地上的东西

地上有厚厚一层硬币
我喊这个人捡喊那个人捡
太小了没人看得起
穷人也不想弯腰
我一人捡了五天三夜
我很烦恼 它还在长出来

水果妖怪

农村女人
我又不认识
背了一筐苹果
朝我家里走
我心里想我不要苹果
我想金橘
她转过身背了一筐金橘
我心里想桃子
她转过身背了一筐桃子
我想榴梿
她转过身背了一筐榴梿
后来　我太烦恼　逃到远方去

山里来的人

我们来看病

长袍大氅

女人

藏在衣服里面

眼睛透亮

这样笑　阴

寂静　平视一个圆点

平视什么

一个圆点

黄昏时

太阳月亮
下午六点七点钟的
样子
混合在一起
天是灰白灰白的
我杂念纷纷
我到处走
到处喧闹

空 生

他一生下来

家里钱财皆空

几天后 时间不确定

七到十天吧

金银财宝又回来

空生自己并不在乎

小安看到黑暗

小安揉眼睛
见到黑暗
她不停下
往黑的深处看
很久
黑暗不安静
五颜六色
起了波浪

变天气

天本身
任性起来
变得非常高远
远到消失
我们头上没有天
没有
好天气坏天气

激动愉快吧

激动愉快吧
他们找到一种
永不失恋的方法
他们二十几岁
和我没有关系
我不恋爱永不失恋
我还是
太高兴了 给新世界
笑出声音来

听声音

两万多种声音
找到下雨声
脚步声　开锁的声音
男声女声　猫走在墙头
边境上　士兵换岗时
微弱的笑
老鹰飞过大雪山
喝完酒的人下半夜回家
躺在床上号叫
伤心哭泣

我 们

1

我们生活在
里面 不想出去
买的婚姻 买的一种社会
格子衣服
格子床单
格子墙壁
和
格子娃娃
树上的夜莺陪着我们

2

我们买酒时
平时喝可乐的少年

站在柜台外面

不知谁惹他了

一脸不高兴　无数多青春籽

十一个人

一张圆桌子

一缸白酒

十一个人围起来

每日玄谈 上至天文地理

政治 婚姻 空气污染

宗教 间谍 死亡 投胎

无论结果

从七点到深夜

深夜到清晨

不见人喊饿 不见人老死

种 花

唐朝杨玉环
喝醉了酒的
早晨
躺在花丛里吃露水
大口大口地吃
好解渴
我站着吃了一个花瓣
满脸的水气

镜　子

镜子照一下
我心脏里面
有些事情
不能安定
镜子还照我
一个一个拿来
扔到石头缝里去

当 时

黄昏晚上
已经很晚了
一个男的声音说
来吧 我带你去
寻找真相
我没去 这是
游戏里的声音

一株虞美人

一株虞美人花
立在那里
比槐树和石墙高
它是哪天长起来的
小安抬眼就能看见

看见了总要想
作为一株虞美人花
长得太高了
是多么不好的啊

可能会遭遇霜打
花朵太红又纤细
可能会被路过的人
抚摸赞美
热爱至死亡

中秋节

1

八月十五日
我自己念着心经
从山上走下来
走到百花潭公园
月亮已经在天上照耀
我弯腰
捡到一团团白影子

2

他们等我
吃月饼喝桂花酒
我送给她们
几十颗猕猴桃

整晚上的月光

现在我

去找他们

在贵州

走到贵州
我问第一个遇上的人
这里是贵州么
他说是

我到贵州找朋友
他藏身在那里的
小镇后面
因为厌倦
不想干一样事情

我找到他了
我会紧紧拥抱他

我太想吃一碗牛肉面了

在水泥商店里面
种有月季花绣球花
落满灰尘的吊兰
君子兰被宠爱着
长在红水泥上
甚至那些低贱的芦荟
水分多也娇艳

乐和苦

雨下了一天
下的冷雨
情绪一起变灰色了
绿萝怕冷　养在室内烤火
脚下没有一条狗
踢它一下　踢空了
情愿享受苦

给大家的

我是个大富翁
大王和大侠
我有数不完的金子
宝石
我把金子给
这些人
给那些人
远处的人也有
你们的名字
在诗里面寻找
每个人见面以后
大嗨三次

给杨萍

身体是虚假的
疾病哪里真实
西药和中药
每天三次吃的苦
也吃过六次吧
就当陪痛苦玩儿
缥缈就缥缈啊
人生 一次坏劫而已

南尔岗

一个站名
南 尔 岗
就是这三个字
在凉山境内
火车停下
朝窗外看
青山 玉米 小小的人
想得再多
没有意义
两分半钟后
火车开走

休 息

太阳照到我头上了

太阳照到我床上了

我还在做梦

一个地方接着另一个地方

我去千万个世纪里

游走几番回来

我要打你

我要打你
我把你打死了
撒上盐 白糖
身体咸又甜蜜
太阳晒你
路人吃你
我不吃你
我会哭泣
去爱你
你是不死的
换了个人
又来这里生活

语　言

植物让我喜欢
它想长到房子里
我没拒绝　光线
我也不拒绝
它们一定在说话
它们在地上说我的房子
说我的家具
说我的性格
我听得懂它们说的语言

那天晚上

那天晚上
他们一直摇
晃啊
一群恋爱的人
挨着睡 我
躺在一棵桉树上
几千里远 我的爱情
挨着海水

在热闹中

他低声叫他
他低声地叫他
给他说
门口有一个人
想进来

外面在下大雪
她冷得要死
叫了一碗白菜汤
抬起身体吃得
欢乐

明亮的下午四点

发财树
我很无聊
看了你一下午
太阳爱你
风在帮你说话
从哪座山头来的
很土 土死了
文竹 我简直看不见你 我很无聊啊
才四点钟过一秒

锻 炼

我坐在窗帘下面
十个小时
朝窗帘外看三个小时
低头七个小时
低头没干什么
可能是折磨自己
捡起地上一粒饭 吃掉
想很远时间里的一点爱意

各 种

各种虫子

到处走　牵起线

知道我不会

杀死它们

蚂蚁蚂蚁

这里没有危险

一直走一直走

走入白糖袋子里

曼陀罗花又叫洋金花又叫情花佛花

路边上

有两朵曼陀罗花

白色和粉色

一个游玩的人摘了两朵

泡水喝

过后　他中毒

产生幻觉

看到一生永远不会发生的事情

星期六

窗外一个男子
和人通电话
说的方言
他家小孩
唱歌
咿呀咿呀咿
音调平平
还是那方言
太阳照耀
星期六中午
西南偏北
是我们这边的太阳

全 部

性

无性

实在的生活

吃 成为饕餮

丰满

瘦

男或女

虚无

红尘 独身

出家 修行

可能

需要

其他 无所畏惧

哲学

艺术

文学

电影

通俗

工匠

种地

或科学

服从服从

地球以上

人之内

人之表面

人之外的

随便一样

给你

昨天晚上，短诗

1

到窗前去
看外面的黑夜
音乐乱放着
最大声音
没什么希望
人没什么希望
转身
继续喝酒

2

坐着流汗
巨傻
想起的事情
忘记

又想

想起一个女人的

半边脸

她有病

容易被惊吓到

一惊吓 就让自己消失

3

半夜一点钟

我到门口去拍照

自拍 拍了删

拍了一株树

从各种角度

也拍天 天真好

给我降下高度

上半夜有月亮

中弦月

上半夜我还清醒

有个人走回家来

是个醉鬼

我蹲下身子躲避

他走远了

拍胭脂花

胭脂花比我高

我立在中间

我没被困住

中秋节

溜达五个小时。街上人不多。

下起小雨，又细又密，风也乱吹。

月亮在云层深处，始终转不出来。

星光黯淡，只关注自己，

倒不觉得不好。

想 的

也想去尼泊尔，
也去秘鲁、越南、
台湾、天台、峨眉、云居山。
有山的地方我都想去，
我躺在床上，想，
有山有水有庙子的地方。
世外高人，我碰上了，
被他们（她们）带走了。
想一整天，想得很美。

无 题

早上起来
不该生气
怪罪他人
即使阴雨天
走路太重
脚上沾了泥浆
人在伞底下
被有形无形的
层层腐败压迫

一群鸽子

一群鸽子
在对面楼上的天空
飞了一圈
又一圈
飞了一圈又一圈
飞了一圈又一圈
怎么也不飞到我这边来
我又羡慕又盼望
鸽子长有翅膀
身体轻 不知疲倦

终于，有点，厌倦

他们
走来走去
走来走去
自语
嚎叫　伤人
哭泣
找我说话
不停时间地
来　问东西

小孩满堂跑
一个小孩追逐另一个
小孩
地上都是水
啊　他跌倒了

我没反应

我看着
非常冷淡
我有时是巫师
恶人　可怜人

你是橡皮树
你是墙壁
夜行鬼
哦哦噢噢叫来听听

是机器人
我生锈了我坏了
你想死　那就去吧
大河敞开的没加盖子

死了干什么
你想做老大么
你想自由地乱说话么

园 子

一夜睡不好
12 点过才起
走到厨房
猫盯住我叫唤
要给你吃早饭

一个小园子
咋那么乱
野得让我愧疚
除了一株桂花树
两窝月季
一棵三角梅
有时开几朵花
其他都是野草
野草开花结果
不讲规矩 随地开
有机会就到处迁移

高的矮的
拼命活

远处的树在风中摇
有风天
近处摇得更欢乐
长黑果子的那种
长金弹子的
一寸高的地草
空盆子里的雨水
都摇嘛 可以

落　下

1

杉树叶子轻
枯死了
朝每个方向落
有风就飘
有些飘到屋子里
我这个人
不打扫
跪着观察
细叶子细梗
裹着尘土

2

头发野

打了无数结

用梳子梳理

左侧十五下

右侧十五下

落到地上

跪着看

枯死的头发

互相交叉　弯弯曲曲

它还有生命

有 风

今天冷

空气是青灰色

有风

风从东边来

风从西边来

风迎面而来

风从北边来

妈的

风不停止

颈子上冷飕飕

声音冷飕飕

心里想的

说出来

我和很多人

站立在这儿

唉，不行

唉

为什么这样

唉　叹气

为什么那样

本来没人亲近

没人想理你

思量着

怀疑着

躲开一天

一天一天一天

又如何

你这样的心情到哪里去

好 比

好比我们要过春节

我们生的机器人也要过春节

要有美丽情人 妒忌

成立一个家庭

出门看天气 带上一把晴雨伞

当时 天还在不在

地还在不在

人 类

起先
我在树林子里
找东西
像蘑菇钻石外星人
找了半天
只找到和我一模一样的人类
我们啊呀啊呀 邀请对方
上树顶坐着
盘起腿 啊呀啊呀
听风怒吼的声音

喝酒以后以及和朋友分别后回家

黄色的路灯啊
有满月那么大
我盯住它看了很久
边走边看
嫦娥 吴刚
你们眼睛朝下
能看得见我么

喝酒分别后 2

两点过回家
猫跟我走
到门口为止
躲到花盆深处
我躲进另一只花盆
三点睡觉
一篇书没读
头顶之上
有一条做梦的痕迹

想象中，在房子中

屋子里的灯关好了
我才出门来的
走了很远
有一天长的时间
电灯还一直亮着
门也是开着
自然
有人走进去了

是个穷途末路的人
饥渴困顿
需要
大吃又大睡
是个化缘的人
进去逛一回
没找到我

另外两个偷情的人
找到这么个去处
相对而坐
安静又不好意思
拥抱在一起

一切去的和来的
红尘里
变着花样
妙啊妙啊

想高兴的事情

天上有个大月亮
窗外几树红梅
哗啦啦啦的声音开
喜庆 热情 高兴

我立于平地上
一百里外 那里也有一个我
再朝前看 换一两个方向
它移动了
那里没有一个我

一瞬间

关上两层窗子
狂风进不来了
不知道
哪里在下暴雨
连累到我
睡不好
风从枕头底下吹来

应该弃家而走

1

我希望我
一直走路
我的身心
俱在走的行动中
走过家门
而不进去

一瞬间前
我烦恼　任何形式的家
一个人的
多个人的
我只爱走着这种时态
就是走　一只脚在前
一只脚在后
走　与风一样

不静止

2

回到家 打开门说

我回来了 没有回音

洗手

煮饭

开火 煮 关火

吃了

低头立起来

倾听

近处远处的动静

关闭自己

心中的

烦恼

又多又宽又密

低头而走

今天运气是
很好
还是不好
平常走的
这一条路上
看到
十二个 深情胡乱
亲吻的人
我是感到羞愧
不直接看

红儿，以及其他护士

星期一，红儿已经退休了，
她永远不会再来上班，
朝夕之间，我旁边不会站立一个，
名叫红儿的女子，如果，
她在右边，我即站在左边，
我大声与人说话，她沉默，微笑，
我们是搭档，在二楼的导医台，
经历无数次风险，她做的事情多些，
心思细密，
我是相反的人，粗暴古怪，
这么多年，一天一天，一天一天，
我们都很勇敢。

给每天收集科研数据的护士

护士
很高兴和你谈论
一切
天上地下
房子
西医 中药
心理学
是不是
骗人的把戏
你的
两三岁的
小孩子
金钱和郊游
人的高矮
天生与后生
我们谈到一个人
她的名字

我们当时不会读后面二字

我一直在认真想

然后想起来了

所以 写出来

给大家看

她是

屠呦呦 屠呦呦（Tú Yōuyōu）

2018，小安

小安，愿你，新年彻底快乐，
祝福祝福祝福，伸个懒腰。
天空吹起大风，落下迷雾，
下几天暴雪，晶莹透亮。
不要杂念，不要突然一惊。
暂时不要太阳。

继续呀

下雨了，冷。

不在意，继续呀。

下雨后下雪，

下雪后，下雪，

又下雪，大而狂放。

一棵卷心菜

一棵卷心菜
从去年秋天
长到现在
它的心心有
拳头大小
它还在长（我永远不得吃）
我是个傻瓜
你看不见
十万八千里以外
你是看不见我
披头散发吃稀粥

哥　哥

我哥哥是这样的青年人。

在他居住的地方，

他走到哪里去，无论东街西街，

一路都是熟悉的人。手拉着手，寒暄。

我妈妈和我们站在他的后面，

夏天在太阳底下，冬天凛凛寒风。

偶然说出几个字，回应陌生人，

嗯嗯，是啊是啊，家里还有六个女儿。

说 话

你没见过大雪吧？
见过。
在哪一年？
1996 年，1995 年。
雪下了一天，
一晚上，又一天，
又 15 小时零 1 分，
早上 11 点停止。
雪下在哪里？
到处都在，
树上最多。
你没见过房檐上的冰溦凌吧？
有五尺长，有三尺长。尖硬，
不能吃，
用铁锤才敲得下来。
你没见过大铁锤吧？哦。

半 夜

剥松子吃。
下酒菜，松子。
其他工具，
烤火器，电脑。
晚上，一直在流动的时间，
桌子凳子和我。

害 怕

他们害怕我们
敏感多疑
太害怕了
他们害怕以后
冷酷残忍
所有人又要可怜了

右眼皮跳

右眼皮跳，跳什么，
跳舞，
想什么，拍照片，
过年。要，
喝酒，喝花酒，相亲，
到处走，给她敬烟。
一些人在前面，
一些人不认识。

正月初二

我饿了 春风
吹得不小
我倒没事
烧水煮菜
草木青的青
黄的黄
弯向一边
反过来
弯向一边
就是在表演
柔软技术

二十四节气

二十四节气，
每个名字都好听。
我觉得最好听的是，
春分，秋分，冬至。
三个大方小姐。
雨水也好，谷雨也好，
惊蛰，大雪。
今天雨水，起床来吧，3 点整了。

问 答

小安
你在那里
人来人往之
热闹处
发什么呆
这个
不算发呆
只是眼睛
看着前面

谁在听戏

隔壁房间里
他用手机播放
四大小旦
我问他是谁
谁在哼唱
贵妃醉酒
曲曲折折玩玩
自我缠绵开放

2 点半

到了晚上咳嗽
一阵比一阵凶
我听了一会
除了我自己
没有惊动它们
任何一种生物
这样残忍
叹息和抱怨都被
无限吸引去

我很久没有做过飞行的梦

1

我经常梦到被人和猛兽
追踪我逃跑永远都跑不快
笨重的我想办法
使身体平行地飞翔起来
贴着高山田野水塘
我飞得也很慢真的超级缓慢
追踪的人或猛兽在我身后
五步之远我不回头看
想找个地方藏住自己
麦草里或一块有水的田
脑袋藏住了身体暴露在外面

2

我从高处朝下跳

一点也不危险而往上爬
笔直的梯子或悬崖
我万分担心失手
掉下深渊每次总是我一个人
每次都忘记念咒语
每次也没有声响

早 晨

我看着天花板
睁开眼睛看着
那上面各种图案
鬼怪最多
地震了它掉下来一块
我滚到一边
它又掉下来
我没想到其他人的安危
所以我自以为
我的心肠比铁石还硬

经常地

你的身体已经
走过去了很久
你觉得你的身影魂魄
和穿着打扮
画的口红搽的香水白粉
留在那一时间你走过的
路上给别人了
你以为你的印象还在
那条路上运动着
有时丑陋得想去死
这是一种错误的感觉

绿萝

绿萝这类植物
不喜阴也不喜阳
有水和日光灯
做肥料
生长得很好
是病态之绿色
在黑暗中
在阳光照耀下
容易枯萎死亡且不能回天

另一盆植物

叶子狭长
高高的茎
不知道什么名字
开一串白色细花
直直向上
比较清秀
三月中下旬
花榭
花瓣底下
分泌几珠树脂
透亮
用手轻轻捻
如蜂蜜黏稠
放入嘴里也如蜜般甜蜜
我给别人说是甜的
无毒
别人说哎哟
你不要吃它有毒

想买一棵树

你还在想
买一棵大树
森林里的动物
死了生了跑了
杂草长得
肥胖翠绿
铺天盖地
你会爱上杂草
小安
种棵金银花

哈哈哈

躲在水里

舒服

不起来

水涨了也不起来么

我要开花

我开成一朵白龙花

麻雀站在一个广告字上

有六分钟

我变成一只肥胖的

麻雀

立于空中

我一动不动我是

一切轻盈的物体

超越一切轻盈的物体

一个晚上

听见猛兽的声音
我集中力量
确定它还远
有高楼挡着
很难飞跃而来
吃了两袋坚果
半瓶红酒
想不到做何事情
坐在半夜里白白清醒

衰老诗

山上有个老人
站在公路边上
混时间
她有 83 岁
站在公路边上
朝山下观看
大衣又破又长
衰老袭击她
四周的风水
一起萎缩变淡

未知数

火车一直朝前开
开到成都市
等我下了火车
又朝前开
火车经常会停下
第一站叫碧山
火车又朝前开
经过以后是未知数

她的人生

清晨
她打开家门
置身广阔的
原野中
她一边刷牙
一边走路
走完乡村大海
到了城市
到了城市住下来
她长大了几岁
被人欺负
她慢慢感到没有意思

苦竹笋

苦笋炖豆腐
加点盐加多些油
半锅清水
等天黑完就独自享用
小安在漫长的一生中
做的美味
也许是瞬间
瞬间也漫长

陌生人

陌生人
哼唱着这首
全新歌曲
声音是
灵灵灵灵
愣愣愣愣
冷冷
冷冷
呢呢呢呢呢
曲调从高到低平铺直下
他兴奋高兴走着哼唱
从我身边箭一样过去至
对面楼房消失踪影
从此
他人消失了声音也不得消失

它是一种酶

“它填满了你的脑袋
身体
你周围的环境”
它具体是什么事物
我想不起来
我怎样都想不起来
它还是很神秘的
一种物质如酶一样
起化学反应（焦虑的）
只剩下这点点印象

不要乱行动

酒后不要去救人
动物植物也不要救
这个世界上的东西
都不要碰
你的冲动英雄行为
会伤害更大造成混乱死亡
你救过一只雏鸟
从很高的树上掉落下来
当天晚上即死亡
它飞行半米远停住
拼命地叫喊可恨被你发现了
你念经到天亮妄想悔罪
让鸟儿超度远走高飞

休息 4

我的地盘上飞来一只鸟
头顶白毛立在电线上面
天气好鸟每天都会来
只是我一早上班走了
看不见鸟叫得愉快
我起身想照一张相
行动太慢没照着它飞了
天中间聚集许多黑云
几分钟后就会下雨我把门打开
好观看下雨时的激烈碰撞

休息 5

我抓了一把阳光在手心里
两只手各抓一把
阳光不好抓住
摇来晃去眩花眼睛
我把手掌伸进光线内部
阳光晃得更厉害
每一条光线各自灿烂
手掌装满后
我收紧拳头放在胸前区
太快乐了
发出很重的噢的声音

有没意义

五月过完了不会后退至
四月之前的任何一天一夜
我们快点跳进六月里去

当时我饿了

当时我饿了
坐在床上吃一颗水果糖
我的牙齿雪白声音清脆
月亮照进来恰好是个满月
我对着月光吃完七颗水果糖
我很开心此时也不想喝酒
此时我弯腰拥抱一下被子

瞬间雨

天下了几万颗雨停住我骑车继续前行
街边卖雨伞的小贩从暗处冒出来摆好摊子
真是运气不佳呀一颗雨没有别难过
等待一下吧半小时后雨会再来一次

打 雷

听见雷声没的昨天下半夜
我听见了第一个雷爆响
有人不睡觉了要去革命
我躺在床上听第二个第三个炸雷
大雨下下来很舒服
然后又很舒服我睡着了
我做了一个黄颜色的梦
早晨雨停住群鸟欢叫山水清秀

我知道立夏以后才有大暴雨

下大雨之前赶到家

身上落了一些衣服没打湿

回家后大雨也没有下下来

我知道立夏以后才有大暴雨

回家后换衣服洗菜煮菜打开电视

习惯性看看外面正是黄昏时候

街 边

扣子 3 毛钱一颗各种花色
我买了 10 颗
针线 5 元钱 1 盒都不讲价好吧
高山石斛 100 元
我没买我说不认识
又要下雨那女的脸扭在一边
不让我碰她的石斛哈哈哈哈哈哈

梵净山天柱山

羡慕其他人
想出家就出家
想流浪也去流浪
梵净山我要去耍
天柱山我要去耍

两人到我家里来

两人到我家里来
我正在打扫房子
她们坐了一会
也没说什么事情
起身要走
一人说你搭我的车
我把你放在街口
你自己回去另一人小声说
可以
她们自己说话
离开后不和我说再见
她们肯定走错了朋友家

早晨闪闪发亮

太阳经过我的房间
留下一些长光线和短光线
还有多边形的光线
闪闪发亮
发亮的中间无数灰尘翻滚
我扑打灰尘可是打也打不完

在金牛区

这天风雨不停
风还吹得大，
有倒春寒的意思。
我穿起棉拖鞋，
长风衣，
坐在家里出神，
看一眼外面隔十几分钟又看一眼，
没事情无聊看起耍，
杂草丛中跑过一只野猫。
我叫了几声猫猫，猫。
又叫杀手杀手杀手。

我觉得迷路了在一千米的高度

她坐在高处
双脚着地，
像个好说话，
温和的人。
我去找她问路，
她不理睬，
一下一下
嚼着槟榔，
或自己微笑。
我再问一次，
再问一次，
她依然，
这样子。
看而不见我。
时间空间，
也在一条，
垂直线上。

我觉得是，

今天我，

本来就会迷路。

房子破旧有一百多年

房顶上的黑瓦长着绿青苔
下雨长得更绿
天气好的一天中午
维修工人爬上去
捡拾瓦片又重新排列盖好
四个人抽烟说笑话吐口水
在房顶上直立行走好像满不在乎
我白担心了并没有一个人摔下来
我只是需要准备好大量酒肉

想起一棵荀树

想起一棵荀树几年间长得嗨大
枝叶茂盛覆盖全部屋顶
夏天我享受了阴凉
明年夏天的一个夜晚
暴风雨掀翻了荀树我还在做梦
树心里出来一个小人立在我床前

跑得快

跑得快因为它们是
火箭导弹猎豹羚羊
兔子也跑得快
兔子不常看到
路中间有三五只鸟
它们不跑让我走近了
鸟突然惊恐斜刺里飞起

矮个子女人

我每次去娘娘庙看见一个女人
她不吃素斋自己带饭菜来
在茶铺里吃今天她做的辣椒
反正很刺激她吃完以后喝水
哼唱歌曲看起来好浪漫
我看见她总要对她微微一笑
我觉得她可爱愚蠢和长相奇特

旋 转

做一种运动

手指缠绕向房顶旋转

脚尖踮起来身体长高

眼里看到无限虚空

希望清凉愉快

头上有几条瀑布

日夜不停歇地流淌

想起我儿子

我儿子 12 岁左右
有一天去游乐园玩耍
他坐完翻滚列车下来
脸都煞白了
他喊妈妈
你不要给我说
地球还在转动
不要说旋转
从此以后我不说

花开一次我就写一次

墙上青苔

墙下乱草

花盆里枯死的玫瑰

树苗重新长出来

一盆清水

长腿美女咧开嘴笑

夏天粉绿嫩黄

特别无聊，软弱，借个神助

有时候我要爬上树去
做几个危险动作一只手
扶着树干身体其他部分
悬空或在树枝间轻松跳跃
来回地嬉闹旋转飞花隐身
只见枝叶晃动而不见人

风 景

我的布包挂在墙上
一面写着热爱
一面写着诗和英文的诗
地上有土地小神青绿盆景
我坐在其中我坐在其中啊

金色的花

我的门边生长了一朵花
颜色金黄我很爱的
花白天黑夜都在开放以后
被车压坏了化成泥浆
我恨那个骑车的恶人

吃

光光的地上
有什么好吃的食物
鸟儿猫儿来了一回又一回
喜鹊鸽子麻雀黄莺好动的
我自己正在吃一块肥肉干

天暗暗的

天暗暗的
树木房子立交桥
有形状的事物
都朝我逼近
我后退一步
群鸟相亲嘶喊打斗

哪个地方被冲走了

从端阳起天天都在下雨
低头走路看见青草的样子
很喜欢愈下愈丰满愈绿
我也喜欢深深地呼吸
哪个地方被暴雨冲走了

在太阳底下

金弹子上有一个瓢虫
它一动不动太阳升起
我给它拍了五张照片
大马蜂也飞进屋子里来
地上有缝隙一些阳光
照进去还是冰冷黑暗

短 诗

下太多雨
把天
也下晕了
一楼有个女人
坐在公园的
长椅上
抽烟
打着雨伞
看不到
她的脸
一只手向下
抖烟灰

买东西

有人卖小鱼干
小鱼铺在筛子里
放到太阳底下暴晒

我问真的是河里的么
她说我就住在河边
每天打一次渔

又有人卖手绘唐卡
又有人卖和田玉
很贵买不起啊

丝绸马

那人很洋盘骑着丝绸做的马
在乡村游荡三岔路口遇上我
大流氓从梦里逃出来
我抢劫了他的丝绸马飞驰离去

梦到花开

梦到花开
中间的花
比边上鲜艳
两个种花人
立在那里看入迷
为自己的花儿
漂亮而辩论

浇　水

花开在院子里
她十天半月回来
浇一次水
与我说话
抬回来一只
大水缸
装满清水
三片叶子
扔在水上她说
有
说不出的清凉美

我的衣服

她穿上我的衣服
拐一个弯不见了
我今天也想要穿那件衣服
出门去炫耀
让我抓住她

充电器

充电器的线卡进风扇里
和扇叶一起转动
响声大响惊得她转头去看
危险的事情没有发生
（爆炸　触电　尖叫）
她关掉风扇救出一只蛾子

单身女

单身女的门后放置
四把雨伞都是黑色
黑色黑色黑色
她出门时穿戴齐整
拿走其中一把雨伞
想了些危险事情比如
天真的会不会垮下来

地球上的生物

地球上的生物
你低头仔细看
（很小的那些每日在地上走）
做饭求爱生娃儿修房子
从早忙到晚苦苦的

夏天在膨胀

夏天

河流闪闪发亮

声音闪闪发亮

空间变广阔了

你会想到盛大这个词

每次见面的时候

每次见面的时候
对我开心笑就非常好了
记住啊每次见面的时候
即使搬家到另外一个星球

夏天的水

提五桶水出来
给人喝
天热水喝得快
水线飞速下降
蓝光牌矿泉水
送水人敞开胸怀
满城市跑动凉风吹入他的心里

去拜访一家人

去拜访一家人（夫妻两个）
他穿上吃火锅的塑料衣服
她穿上新鲜黑皮鞋
我们一起出门去我们吃的蔬菜拌饭
啤酒豆腐汤我们都性格沉闷看向外面

门 上

门上安放一面镜子
又挂了一件旧衣服
不知那家人这样做的意思
请神还是避凶还是一个鸟窝
很想看衣服里面还有什么事情
可能长满霉菌臭虫蝎子毒蛇

我走到卧室又走出来

我走到卧室又走出来
在床前站了一会
黑暗阴影浓雾一样聚集
忘记要拿什么衣服麝香
也不能睡太早我会成为傻子

街道宽阔

街道宽阔各走各的路
我们三个人也在好好走
夫妻走夫妻的阳关道
梧桐树芙蓉花自行车
我们三个人走弯曲线

吹一口气

我也不想抽烟
天空太黑暗
心情郁闷
我抢了别人一支烟
朝烟火上吹了口气
又递给她看吧烟花爆裂

彩 票

没人回收彩票

我有一小堆谁想要不要

彩票人每一次

精心研究的数字

永远废弃的数字

半夜读书

读无名氏写的书《青青儿大闹江湖》
读入迷，半夜，喝一点金桂甜酒。
明天要去聚会，人非常多，
我有点心虚，这隔天下一次雨，
道路稀烂，怎样走去呢，
明月镇到茶店子有二十多公里远。

路过一间屋子

今天没有事情做没有客人来
美容她安静地
坐在窗子边上绣十字绣
天光照到她的身体
屋内其他地方都是黑暗

山野之人

山野之人越来越稀有了。
不丹男子长得眉眼清秀，
女人脸颊宽阔丰满，也是黑发。

在西部

夜晚在荒野里
睡觉
男人张大嘴巴
上百个虫子
钻进去
他顺便吃了
做噩梦
梦见他的父亲
要拥抱他
他的哥哥睡在
旁边
杀了一头熊
早上醒来第一
他的哥哥
光着身子吃熊肉
他张大嘴巴
吐出上百个虫子

发高烧到 39 度多

他没骑上马

他晕倒在荒野上

墙 壁

雨从墙壁朝下滚
下的密雨
我仔细看见雨下得密
打湿和包围墙壁
我没办法阻止
我知道是不好的预兆
我到处给人说
墙壁上的密雨
一切不如意
都过去了化解了

他们划船去找黄金

他们划船
去找黄金
在某一条河上
玉龙喀什河吧
不是那里
那里出产和田玉
我有几个
山流水坠子
放在身边时时玩玩
他们继续划船
在另一条河上
金沙江中部
三男三女
惊险无比
但很有意思
他们找到
三片黄金
重约零点九克

那些船员

那些船员，三年才回一次家，
他怎样记得家里的样子，
妻子的爱好，一颗痣都融化了。
本来一切变化很快的。

变 天

邻居从门口经过，他拖长声音说，
哎，哟，又要变天了。
他的口袋里有几个东西，
铁或玻璃，相互摩擦，叮咚着响。
他走过后，我马上打开房门看天，
几棵光枝枝的银杏树，他说的是更冷么。

手 机

我的手机放在平地上，
所有的昆虫都踩上去，
会不会踩烂？
蚂蚁、蟑螂、蚊子。
甲壳虫……鸟类不能来。
鸟超重了。
所有的昆虫，
立在我的手机上。
我在家的时候，有空闲，
和昆虫玩。
鸟可以在旁边观看。
一列火车，从卧室到客厅，
阳台以外。到印度。
印度有一辆立满人的火车。

美 女

美女住的房子修在地下深处，
前后都有宽敞的楼梯通到不知何处。
她每年生病住院是很严重的炎症。
去过的人认为和房子的风水有关系，
她依然住在那里她说她不惧怕什么。

他们他们

他们一个两个走进来当时就变傻了，
左右不分二楼三楼如何上得去。
走一步又回头问厕所在哪里啊。
不然就直接穿出楼房走到一个
陌生荒凉寂寞凶险的小路尽头。

一首献诗

和两个僧人
一起
爬上山坡
看风景
一个默默地
观赏
一个拍了
很漂亮
的照片
草原
就在下面
寺庙
城市
在下面
暴雨
从远处的
山顶

下过来

路过我们头顶

落了几分钟

我们说

许多话语

他们对

家的热爱

出家在家

没那么绝对的

界限

不会还俗了

爱寺庙

在寺里很快乐

出家修行

是他们的

终身事业

他们请我

吃饭

（谢谢

达扎活佛

你不在场）

陪我爬山

喝茶

下山时

又下起了

雨

一级一级石阶

走

僧人说

（他要写诗的）

下雨

也很浪漫

溪水绿

溪水已经那么漂亮
溪水上飞行一只蝴蝶
它还不飞走岸边青草
绿得不像真的绿到森林里
不用走拢去看溪水岸边
青草深处也是杀人现场

半夜走到河边

我以为脚底下这条河水
是有尽头的
到西北桥止住
两棵黄角树
阴凉逼人
桥下又是另一段流水
涟漪滚滚
再远就不知道了
钓鱼的人
自古以来都是那样
独自钓鱼的人

秘密方法

一块石头类型原料
放在碗里（陶瓷制品）
隔水炖煮
不管多长时间
开出一朵鲜艳的云
极其鲜艳
我的言语不够描述
这是我的秘密方法

想起男女之事

想起男女之事
清淡白水
或烈如金刚
想穿了
都是一个意思
有些人不要命
颠倒狂乱
还去自杀
总有什么东西作怪
如激素　如化酶
如千百个妒忌心
在身体内异常活跃

银杏树 6

银杏树变化太慢
现在只是一层浅绿
少数绿中带黄
变得太慢
念声音给它听
快快变 颜色变成
金黄金黄金黄金黄

有一个陌生人

有一个陌生人，
他那天脾气大得不得了，
我和我妈走路，碰了他一下，
他追着我们骂。
我妈说，你咋个不去北极撞冰山呢。
他说我马上就要去。
他把他的手套脱了，扔在地上，
北极天气是极冷的，他的手暴露在外，
肯定会冻死掉。

有天晚上 大醉

醉酒 经常
大醉
一个人活动
在家里 人世间
游玩 游荡
每样物品

我单独拍
一张照片
很有兴趣
纸巾
筲箕（铁制 竹编）
在墙上 有双重性格
瓷碗 十几个
层层重叠
躲藏起来
炒锅（粗笨）

电饭煲

电饭煲的图像

孤零零

靠着微波炉和冰箱

矮小 圆脸

冰箱 不吭声

打开门 关上

缓缓而关上 无声

泡酒 广口玻璃瓶

我的毒药

亚光

有复古之美丽

茶壶

茶杯 杯垫

我之心爱

可以无限说话

米 清油

俗气得很

蜂蜜

醋 麻油
细盐巴
菜刀
这些物品
是不是喜庆
窗户
在室外和里面之间
这个是主要的
窗户上隐隐约约
有我的手和眼睛
房子外
几步之远
红花
兰草
石头
其他
在黑暗中
一根绳子
绳子上晾晒的被单

条形纹饰
被单拍了几次
红花也是
显得微小
不知多久
回到房子里
又喝了酒
茶水
不知多久
地板起了波浪
转来转去走
可能跌倒
日 什么阻挡我
踩到一颗珠子
无人
此后失去记忆

万般俱静
此后进去梦乡